紅紅
和鏡子說話像一隻鬥魚

The Mirror of Erised
A Poem Collection of HONG HONG

關於

HONG HONG

THE MIRROR OF ERISED

A POEM COLLECTION

THE MIRROR OF ERISED

紅紅

紅紅，臺灣人，曾旅居美國、香港、新加坡。2018年開始寫詩發表，曾獲臺北文學獎、星雲文學獎、葉紅女性詩獎、金車新詩獎。現為《火寺 Ra Poetry》主編。FB / IG: chuchupoetry

目次

06:51

霧	——	06:52
秋覺	——	06:54
手機	——	06:55
潮間帶	——	06:56
O	——	06:58
衣架	——	06:59

07:20

他的菜	——	07:21
旁觀的血	——	07:22
雨的必然	——	07:23
機能衣	——	07:25
草莓果醬	——	07:26
貓的必要	——	07:29
雨滴	——	07:30

THE MIRROR OF ERISED

目次

09:09

繁體的我	——	09:10
下載	——	09:11
羽絨外套	——	09:13
袋	——	09:14
航空郵包	——	09:15
消防栓	——	09:16
時刻表	——	09:17
淵	——	09:18
白千層	——	09:19
捕捉	——	09:20

13:17

Over	——	13:18
一部尚未殺青的電影	——	13:19
燃燒	——	13:21
真誠的敷衍	——	13:24
我城	——	13:26
小丑	——	13:28
我也是雨	——	13:29

THE MIRROR OF ERISED

目次

14:33

致白兔	——	14:34
繁體的你	——	14:39
縫	——	14:40
未來肉	——	14:41
雨一直下	——	14:42
喫	——	14:43
床	——	14:44
回收紙	——	14:45
若失	——	14:46
致前任	——	14:47
初戀	——	14:48

16:30

一隻小紅螞蟻的存在	——	16:31
失戀感	——	16:32
溝	——	16:34
男孩	——	16:36
世界末日	——	16:39
厚重的存在	——	16:41
父愛	——	16:43
微末	——	16:44

THE MIRROR OF ERISED

目次

17:25

凝	——	17:26
雨天三則	——	17:27
出火	——	17:30
戀海兩則	——	17:32
生活的瑜伽練習	——	17:34
愛自己	——	17:35
蹺蹺板	——	17:36
充滿	——	17:37
致九月	——	17:38
之間的海	——	17:40

20:00

祕密	——	20:01
反	——	20:03
紙箱控	——	20:05
多毛A夢	——	20:06
魔術	——	20:08
對你說話	——	20:09
馬克	——	20:11
微距鏡	——	20:12
忘了收的那件衫	——	20:13
廢墟	——	20:15
上線狀態	——	20:17

THE MIRROR OF ERISED

目次

21:09

場景	——	21:10
無眠	——	21:11
太空，河與廢墟	——	21:12
負	——	21:15
高壓氧艙	——	21:17
致維特	——	21:19
擁抱	——	21:20
嫉妒	——	21:22

23:32

十四的月亮	——	23:33
無法，無法	——	23:34
隱	——	23:36
浪貓派	——	23:37
目擊	——	23:39
零或者全部	——	23:40
兩行電車	——	23:43
夜間書寫	——	23:44
洞	——	23:46
蒲公英	——	23:47
飛行	——	23:48
Y	——	23:49
紀念品	——	23:53
夢	——	23:55
讀者	——	23:57

THE MIRROR OF ERISED

目次

03:23

舞	——	03:24
蛋	——	03:25
心	——	03:26
花	——	03:28
岸	——	03:31
迴	——	03:32

THE MIRROR OF ERISED

THE MIRROR OF ERISED

06:51

早晨，走進浴室。
貓跳上洗手臺，在鏡子前面擦拭，仍然潮濕的我。

霧

在大霧中我駛離
在大霧中我航向
在大霧中我恍惚

在白色房間裡醒來
不曾散去
我，原來是一團霧

在霧裡騎著白馬
進入我的中心
霧以為他是王子

他以前對我很壞
他現在對我很好
我走進另一團霧

霧將時間漆上白色
好讓今日
易於被明日補救

或讓夢，易於徒勞
在大霧中
著太空衣的男子走在前方
手腳、身體、頭淡入

大霧中，我喃喃自語
回音蒙在霧裡
在大霧裡三月降臨
我伸出手掃瞄 QR Code
戴上三月的手銬
讓霧帶走

隔著窗，離地十三層樓
拉起白色紗簾
忽略自己是一團靜止的白
在三月裡

秋覺

一片葉子
愛上每日拍攝她的天空
在秋風裡顫抖

直到冷鋒南襲
這天，她和他的鏡頭終於對焦
發現他一直等待的
是她的墜落

快門是槍
霧豹冷靜屏息
細雨伴奏

正面反面正面反面正面
反面。將自己無聲地擲出
躺在光亮潮濕的馬路上
她滿意地接受
不被愛的允笅

手機

點開聲音影像
那小小的人小小的鞋於律動中
沿藍光滲出螢幕
駭進身體的孔洞，進入夢（眼睛、耳朵，以及……）

他必然是魔，之所以
我是一再被他催眠的靈
不由自主的肉，在夜裡不寐

他必然是一股青煙於清晨溜走
我困在那小小的城，潮濕的乾燥中
忘了索一個回眸
將手機解鎖

<u>潮間帶</u>

嘗試睡去，將眼睛閉上
打開，卻仍在原地

有些事情是無法控制的
速度、地點、停留
畢竟我是沒有車票的乘客

無照的駕駛，一直在躲避
潮水和時間的追緝

（10、987654321）

眼睛睜開
以為未曾出發
其實已經回返

因為看見了你，噢
就在前一秒的黑暗裡
莞草和沙洲乍然浮出
白色水鳥飛越那年夕暮

海水又漫上房間天花板
但很確定看見你了
很確定，昨夜，我曾僕僕踏上
那個遙遠的濕地

O

Open
你開口說話的嘴形
輕輕撕開我的早晨

Or
思慮的眼珠左右滾動
圓睜的眼定神
陽光灑下雲層散去

Orbit
有時沉默的氣流在我們之間運行
像公路上一輛獨行的紅色
車子，緊挨著懸崖峭壁

Oasis
無風。紗窗上趴著一群白蟻
等待一場雨

Ocean
氣流從海岬的硬顎擦過窗簾

說出這個字的瞬刻彷彿聽見遠方呼喚
我想是因為 c 發 ʃ 的音

衣架

已經習慣做什麼事都不太用力，夾
在領口的日常，扯一扯摺痕
一天就又平了

所謂的理想，肩線左右
隨便以什麼固定

或許我如同櫥窗裡
未著衣的模特
僅能以塑膠的眼神遮蔽

或許我如同一件
風雨中遲遲沒有被收下的
粉紅洋裝

仍然不習慣向你展示
我的慘白、空心、無肉

雖然我其實喜歡看，玻璃鏡裡
露出的那細細彎彎一截
鋼鐵般支撐著我的

你的脖子。

07-20

THE MIRROR OF ERISED

07-20

07:20

所有物品都被移動到他處的時候。走出大門前望著鏡子，覺得拎著盆栽的自己好像 Léon。

— 這個盆栽怎麼辦？
— 我手拿好了。
— 把水倒掉放進紙箱一陣子它還是可以活的。
— 沒關係我最後手拿。

不知道為什麼一直最掛記它。大概因為它是屋子裡唯一，有生命的。

他的菜

他緩緩向我走來。我喜歡他左右側拉長脖子,小心翼翼卻堅定往前的樣子。他的腳是海,乘著潮汐,他移動著一座海洋。

最早抵達我的部分是裙襬。然後他卸下一座泥土色的島嶼。

他吃我的樣子,像濃郁的海水漫上沙灘,像醬汁吃掉米飯,然後細細細細,像溫泉魚啃咬腳皮。他吃掉了我,我又再長出來,長得更青更油亮,有他愛過的樣子。

<u>旁觀的血</u>

早晨
窗戶打開日子以微風相迎
馬桶上生命以經血相迎

餐廳門口的玻璃箱
蟹與蝦相迎

龍蝦窒礙地轉過身
望著正在吃綜合海鮮麵的
我，起身走近拍下特寫

（牠的手腳被綁住了
無法主張肖像權）

想起那年在海邊的餐廳打工
每天都有客人點隻龍蝦
前菜是牠的鮮血加入米酒高粱

「好神奇啊牠的血
是藍色的。」

不像我們的紅
會痛。

<u>雨的必然</u>

閃電、打雷、大雨、泥漿……我很想知道,天氣要壞到什麼程度,一個人才會為另一個人撐傘。為此,我願意一次次坦露自己,直至完全透明。

在大雨降落之前
所有的預感紛紛
下沉

他說其實
貓的眼睛已早一步躍下
影子才得以
簌然觸地

閃電不必然
雷,不必然

伽利略問我明白了嗎
他們問我明白了嗎

我明白了
所有乏力的都無法歸咎於重力

我明白了我只是
喪氣的
一陣狂風

阻止不了
那場該死的雨

機能衣

他就像一件聚酯纖維機能衣
任我嘔吐的情感揮灑其上
乾涸、泡水膨脹、生物分解後
化為成團的黑漬

一點也無損，他
洗滌日曬後散發柑橘香氣
輕易恢復一派清新潔白
隨時迎接更多汗濕雨淋

「快速吸濕排汗、機能卓越，
可重複洗滌千次以上。」

艷陽下他張開雙臂咧嘴燦笑
像一則洗衣粉廣告
在曬衣桿上若無其事
飄著

草莓果醬

「Hey，你不覺得，
草莓本身就是一種寓言嗎？」

有些事物是不等人的
例如陽光、香甜、睡眠以及
飛來的蠅蟲

移動你的時候將雙臂緩緩收攏
極輕，像抱起一個嬰孩

「火來了，趕快跑。」
那人關上門之後這樣喊著
可你早已離開枝梗
只能任一切慢慢
還原成水

「Hey，不要加太多糖好嗎？
我想記住那樣的酸，
那是嚐過那種甜的人才懂的酸。」

像不像一種儀式？
以琥珀的蜜封存你
黏稠剔透，飽滿而易於推展
推展，以時間的延長
延長，以空間的凝煉

小小的一罐裝著你
的全部

貓的必要

牠不諳悲傷
對我的哭泣毫無知覺
因此我感到放心

牠總是在睡覺
對我的慌張全然無感
答非所問
對我的憤怒視而不見
牠貓的
我覺得釋然

牠貓得
多麼像你

雨滴

在雨天裡看見
世界。凝煉成
一滴香水

以下墜的
嗅覺

在雨天裡看見
自己。住進
一滴眼淚

從高樓模擬
倒立的靈魂

飛

THE MIRROR OF ERISED

09:09

好渴。但他的愛在瓶子裡。那麼淺，你必須丟進很多自己。

繁體的我

還是喜歡
頭髮捲曲蓬鬆的自己
在鏡子前,用陽光梳理
隱藏在波浪裡的
象徵。例如野兔麻雀
例如一些遠古的符號
外星圖騰

還是不像
電影裡男主角最後會選擇的
直髮扶桑花女孩
笑容簡單直白易讀

陰雨的天氣裡
我和我的簡體字
在淡紫色的床單上總是分岔而
糾結。在「爱」字裡迷失筆順
拉扯中掉出,那顆遍尋不著的
心

下載

那天起一切變得很不同
游標走得好快文件自動開啟關閉
計程車停在一個前後無人的檔案匣
路燈眨了兩下滑鼠右鍵
戴墨鏡的路人發給我一張傳單
那首詩讀著讀著竟有你的味道
我衝進超商買瓶礦泉水喝一口再讀一遍
驚覺是那場重遇
河水掃描了你黑白相間的倒影

我的眼睛開始下著
綠色綠色綠色綠色的文字
綠色綠色綠色綠色的暗碼
綠色綠色綠色綠色的琴聲
天空落著滿載滿載
綠色綠色綠色綠色的柳絲
綠色綠色綠色綠色的薄荷糖
綠色綠色綠色綠色你的飄逸

貓咪踩過鍵盤
我的夢停在這裡
停在空曠有風的電影場景
擁抱 ─── 多適合結束
多適合開始

「我的夢停在這裡。」出自《駭客任務：復活》。

羽絨外套

你必須知道
溫暖來自於你
冰冷也是

你必須知道
柔軟來自於你
枯槁也是

白色來自於你
飛翔也是

我載著比我更重要的
我藏著比我更無形的
我擁著比我更冰冷的
我懷著比我更熱燙的

袋

在你的身體袋著

袋著，放進最重要的物品
一瓶水一包面紙一本書
你袋著我，我帶著你
追公車上下樓梯
散步

在你的左胸挖一個口袋
放一隻筆嗎？敲啊敲
你帶著我，我袋著你
每一個步伐都敲往心裡

也讓我住進
你右邊臀部的口袋吧
塞給我
任何零星的生活碎片
在你最為匱乏的時候
將手伸向我
許願

航空郵包

小郵包
躲在傘下夾在腋下
摩擦細肩帶背心
以香水後味和著汗漬幾滴雨水

躺在
鋪滿玫瑰百合花瓣的床
夜半起飛

在趨近你的每一個
接觸面 VIA AIR
經由空氣是必須的因此

在封住牛皮紙袋之前
在打開牛皮紙袋之前
我已屏住氣好幾回

消防栓

紅色是最矛盾的顏色了。他喜歡這個城市的古典東方正紅：紅色 Taxi、地鐵站的紅色馬賽克牆、紅色區旗在海濱的天空飄揚⋯⋯。紅色，還代表著憤怒、血腥，紅色象徵原罪。不，不對，紅色是再中立不過的，在這裡。於是人們改以其它顏色來區分喜惡：同學是黑衣人、親戚是白衣人、最常去的手搖飲是黃店、喜歡吃的茶餐廳是藍店⋯⋯。不知道從何時開始，他患上嚴重口吃，之後索性不說話了，將舌頭捲起來，收進方型的盒子裡。

經常夢遺。耳朵湧著潮聲，夢想的喉轆尚未被開啟。等待火，卻害怕燃燒；攜帶水，卻一直渴著。

時刻表

追逐列車或者
追逐日。伸出手,抓取
流逝的八萬六千四百
之一秒
時間。轟隆隆疾駛而過
在我面前舉辦一場
隆重的謝幕

第一次它躲進開刀房的簾子後面
復又穿出烏雲

第二次它在神祇的指引下
自冥界回返

直到主唱從舞台的另一個門走進去
我知道
再多的掌聲
也不會有安可了

淵

在街角
找到一家書店買到一本
詩集,翻開命定的一頁
說不能

不能不
愛上不能
愛我不能不愛我

的你

是真的不是真的
不愛我只是不能愛

的我

相遇。在這一盤淺淺的水碟裡
愈看愈深的天空

白千層

一年年一次次
每一次站在秋天想著冬天
你的頭髮就白了

將身上的外套脫去
覆在我的肩上
說夜，也開始涼了

一層層一片片
看見你皮膚皺摺胸骨袒露
臉上卻掛著茂密的笑

一起走一條街好嗎
走那條你年輕時候也走過的
新生南路

一段段一步步
台北的肺總是濕重
你說
腳步放慢一點就行了

捕捉

試著捕捉雨
以及被雨捕捉的一切
空間、樹葉、花朵

於是先站在雨裡
被雨捕捉
上衣、毛孔、心

忖度著在尚未被完全淋濕之前
逃開而
相機裡的淋濕已經
完全被焦框鎖定

多狡猾啊像隻貓
看起來一直在淋雨
卻不曾濕透

THE MIRROR OF ERISED

13:17

有時候你好討厭這個世界你只想全身長滿刺把自己捲起來。

Over

討厭格子
喜歡在瑜伽墊上
將靈魂過度伸展
後輪壓白線

過午才食
夜半始寢

時間說它不是格子
是圈圈
這樣很好
我是倉鼠
那隻貓睡了一整天

一部尚未殺青的電影

我試著寫一首詩給臺北，如我正面對著的，櫥窗正試著
以一場雨，書寫路過行人的面容與交通，遠處的
黃色屋瓦正試著，以一部電影———
將消失的城市組裝回去。好讓 A 回到初次北上求學的場景
站在臺北車站的人行陸橋上，抱著夾克在冷風裡顫抖
或她正拿著遙控器回播、暫停，畫面裡，一輛公車正緩緩轉進文林路
經過那家 B 常去的美術社。C 曾分租過的雅房就在對面鐘錶店樓上
不眠的夜市與喧囂總是友善地陪她失眠

「車站是一個城市的縮影⋯⋯混雜著繁華與其背光處所涵納的隱晦。」
每一次父親來臺北探望 D 總是約在車站附近。如他和 E
也曾相約在新公園，在沒有手機的年代僅能將一句話候成一座塑像
或樹或後面的涼亭。暮色塗抹曖昧的濾鏡，陌生人影聚集
等夜幕讓靈魂更靠近，或疏離

有什麼是不可逆的？生命、時間、愛？

月色中 F 像隻遊魂，沿著已變換許多的街道形貌走回
省城隍廟對面的明星咖啡館。看見更古老的
他們，手捧著舊書攤上發黃的詩集，口中唸唸有詞
亟欲合力阻擋三台怪手，將一排舊樓夷為平地

或像 G 曾騎著一台白色小綿羊，在中山北路口張望
還來不及看清未來的方向，就被巨大的車流趕上高架快速道
只能往前無法回頭

H 想起那個國光號抵達終點站的夜晚，她跳下車
第一次踏上臺北的人行道，在水溝蓋上
暈吐。如一隻在人潮霓虹燈下倉皇的鼠

局部的我和他們演出局部的臺北
如此刻紛雜的行人車輛，被大雨完全籠罩，而此刻的雨也僅是局部的佈景
此刻在城市南方淋雨的我，必然有另一個北方的她正上映著賀歲片
我們在彼此的視窗裡觀看局部的事實，在這一部尚未殺青的電影裡
串場各自領銜主演的片段，圍繞著恆久的題材：生命、時間與愛

燃燒

她想像他吃東西的樣子

會張開嘴巴發出聲音嗎?很好。
張揚的飢餓補足了其他被人類抑制的欲望?

會閉上嘴巴細嚼慢嚥吧?那麼,
她還有從他唇齒間逃出來的機會嗎?

相對於他,她的渺小
渺小,是存活下來的原因
許久了
她撿拾他消化不良的贅字
她吃食那些營養的意象與暗喻

她明明可以
在那一場致命的追捕裡易容
明明可能
被一場情緒的海水倒灌所清算

她或許並不想贏也不想輸掉
任務——存在，她渺小的
膽怯，或者說，知足

讓那一半是快樂
快樂是鑰匙
尋找鎖的意義而發亮

讓另一半是飢餓
飢餓是一把打火機——
它在不被打開的時候仍然是一種

燃燒過的那種燃燒
燃燒中的那種燃燒
將要燃燒起來的那種燃燒

真誠的敷衍

我真的很懂
即便他們動態的笑臉畫著真誠
然而我是靠氣味來
辨識人

「歡迎」「下次有機會」「再聯絡」
說完後不經意發現
門口的紅色塑膠地墊已悄悄被
收起

我真的很懂
那是社會化的結果
是老熟的必然
是疫情蔓延的風險

「好的」「了解」
說完後不經意看見
一張張
脫去口罩聚會的照片

轉過身
舔一舔身上的毛
豎起尾巴
我也漸漸變得精通純熟
消毒防疫的步驟以及
如何真誠地
被敷衍

我城

紫荊花開了
十一月是最殘忍的季節。

城市是一顆滿佈坑洞的月球
光一日一日漸滅
他們都看見了，我
在另一個維度裡遙遠
的悲傷
的悲傷
的悲傷

回音，撞向越築越高的防衛
掠過的浮雲是唯一目擊
天使的翅膀被雷聲截斷
如脫軌的行星
懷抱著燃燼的信仰

桌上的記載停留在未解密的西元 AXYZ 年
我是最後一枚受困的傘兵
越退越後
無人聽見的求救在牆垣裡

乒乓
乒乓
乒乓
兵兵

在最深的黑暗裡拒絕另一種黑
在全然的傾圮中拒絕另一種
傾圮

小丑

這個城市充滿垃圾
而我是一隻甲虫

笑是保護色,不許哭
一哭就更髒了

我也是雨

雨傘和雨衣
穿上鮮豔傷口
指認被盜走的晴天

閃電和雷列席
將烏雲
從山頭下架

我也是一場雨
站在雨中
垂頭只因挾帶的氣壓
負重

紛紛
沖刷而落的傷疤
在各個角落被轉發

我不再害怕
雨。愈來愈大

安全地下吧

THE MIRROR OF ERISED

14:33

在某一段時間裡，我是隻兔子。喜歡在 IG 圓形的 「洞口」 放圖片，像一種佈置。

IG 和臉書不一樣，就算點開頭像，圖片也是圓形的。像鏡頭，但不像鏡頭明明是圓的拍出來卻是四方形的。我很滿意那種，可以騙過或愚弄觀看者的圓。像個圓角器把四個邊一圈圈削去。原本是什麼，看起來卻像別的。觀看者的眼睛只能被我固定在那個圓形的洞口。除了想像，無法移動。那人、那些人只能在洞口看著佈置，揣想，洞穴裡堆藏的幽深祕密，或者空曠。

致白兔

之一

喜歡他的圈圈
雖然他在裡面而如果白線從我們之間劃
開，我落在外面就不是他的

圈圈。在一段陳述之前是 True
就算他多麼 False
仍是全部滾向他的邏輯，圈圈和我
交疊在一起的面積等於
宇宙真理

他畫著圈圈，魔法般
地面裂開一個洞穴
更深，更深⋯⋯
像一種守兔在株的
寓言。情不知從何而起而陷而死而生
的牡丹，亭下停下的他和圈圈漣漪
關上的門搆不到的鑰匙
終於打開的門與出不去的迷宮

我在透明電梯裡

和鏡子說話像一隻鬥魚做著

圓錐型的夢，火箭升

多高，心情就跌得多深啊你知道嗎

那仍然值得

愛也是數學而算式不會騙人

樓可以蓋一百零二

地獄淺淺十幾層

之二

是的我們都在試探彼此屬性的物種族類例如我是貓他是兔他她是狼群或狐狸喔你知道的吧狐狸或狼和貓完全不同牠們是比較接近狗鼻子比較長的那一種喜歡跟在後面偵查的那一種。兔在前方我在後於是我也成為鮮美的餌的一部分那種後面還有後面的寓言是的圈套等於一個誘惑加上一個遮掩加上一個移動是的陷落必須深過於投入寬幅必須大於掙扎死必須是緩慢的活是的我們都心知肚明只要沒有人回頭殺戮就並非是必要的。

之三

他坐在裡面
喫著午茶
突然間讓我有一種
錯覺 ———

他正站在外面
旁觀著我

如一隻籠裡的兔

之四

「沒有時間了。」
他一直在長大
我一直在變小

必然不是夢。笨拙如我
吃下他的 piece of cake
拿到鑰匙打開門卻忘記自己其實是
另一個房間。只能以淚
放逐成另一種海

必然是夢。清醒如我
墜入刻滿符碼的洞穴
那麼地躺在他落葉鋪敘的文字裡
那麼像
一只懷錶。停在下午的兩點十三分

骨瓷杯裡沒有茶
斟滿時間

繁體的你

今年夏天決定不剃毛髮了
還是喜歡看你
在窗台邊蘸著晨光行草───
欹側、擒縱、疏密、高低

也許關乎審美
有形有靈
千年來你狐一般修煉成仙
卻被簡化畸形
一行走，就有部首沿途掉落
和自己面面相覷

「我將解放你。」
不必修剪不必在意流行
今天我們寫詩吧
用你豐毛豎直的尾巴
將那些被挾持的字都找出
尤其幾個藏在愛
壓抑在慾
裡的，心

縫

光自樹枝灑下碎片
我坐在公園的碎石堆旁
想著週末碎散的行程
讀兩首因為破碎得以拼合的詩

想著昨夜電影
被真實世界擊碎
躲進幻影裡的愛情

我不是真的
所以你得以穿越我

你不是真的
所以我可以撕開
對你的凝視
放進一些
零碎的
七情六慾

未來肉

我不知道怎麼保護自己

心，總是吸引
嗜羶飲血的鬣狗

但我知道怎麼保護你
像保護草原上的一隻羊

長得比你胖
跑得比你慢
穿上大野狼的衣服
把其他野獸嚇走
讓你住在
我小小的洞穴

心是葷的愛是
王子從此和公主
一起吃素

雨一直下

後來我才明白
想躲雨這件事
是徒勞的
無論站在傘下
還是屋內
我都在雨中

就如同
不被燃燒這件事
是不可能的
無論站在太陽
還是雨中
你都在心裡

你是火
一直下著雨

喫

（當她愛上一個人的時候
總會當他是神……）

想像你，吃東西的樣子
可是神，也會餓嗎？

眼睛生出津液
張開口、伸出舌、撕切肌理
咽喉上下起伏
吞嚥

（當她愛上一個神的時候
反而希望他是人……）

在你的胃裡
我慢慢找到自己
翻身
吐出一口氣

啊原來　這就是
被你吃掉的滋味

床

如一席緩釋壓泡棉床墊
每當我丟進直角尖銳的文字
他便著手臨摹那些體積形狀
預備好精準的凹陷
要我躺在
那些被包裹的情緒上面

像那次店員將水杯放在旁邊
要我坐下,在同一片大海之上,杯子仍然直立漂浮
如同,他的心裡沒有彈簧
只有無盡的鹹和水和藍和白色的
泡泡

回收紙

桌上那台壞掉的印表機
吐出來的紙，爬滿棲息的蟬
與輸出的文字組合成
熟悉的陌生感
鳴聲唧唧，敲擊無意識土壤
將枕頭底下的恐懼驅趕出來

「你曾經被背叛過嗎？」

她看著，忠誠無瑕的紙
重複印出的謊，成為套版

躺在白色雪地上
側腹流出的傷噴墨成
黑色的漬

她默默將自己
翻過去

若失

可惜了愛或
革命始終沒有成功

你送給我一把傘
用來抵抗大雨和煙硝

後來雨和戰火都停了
我卻一直生病

你和那些人走在一起
嬉笑。說天晴了放心
城市被下令不准下雨

我仍然習慣撐傘
抵擋
過於乾淨的城市
已經陌生的你

致前任

仔細對一疊過期發票
只為了確認

你不是真的那樣
我也不是真的這樣

初戀

男孩和女孩
用一個夏天靠近
一輩子分開

16:30

THE MIRROR OF ERISED

16:30

16:30

16:30

有時候發一個文只是想把上一個文往下擠像，吃一顆橘子只是想把胃裡開始腐敗的肉往下擠像，放一首歌把午後的時間往下擠。可是，喜歡一整張專輯是如此困難，除非不專心。可是喜歡一整個午後是如此困難，除非它又變成傍晚。可是愛一個人是如此困難，除非沒有那麼愛。可是和一個沒有那麼愛的人度過的傍晚是那麼困難，除非它又變成昨日。

一隻小紅螞蟻的存在

小，是對照而來的。譬如我的傾慕如此渺小，他一捻指便可將我碎骨。少，亦然。譬如數十隻螞蟻，就能搬走一塊香甜的糕餅，而我僅能撿拾伶仃的碎屑。

那天，我看見一個神祕洞穴，沿著費洛蒙的氣味往最深處走進去，大喊：「____ __ _____ _____ ！」

「啊……」他大叫一聲，終於聽見我。

失戀感

1.
牛奶又過期了
我揣度著
該辜負一隻乳牛
還是自己

2.
突然有點害怕夜晚
怕黑
怕醒
怕黑是醒的
怕你用愛我的方式
不愛我

3.
又被拒絕
收到一堆藉口
像禮物

我無比光榮

4.
淚水被濺起的雨呼一巴掌
和我同樣多餘

不會遇見誰,這個城市
是最令我感到安心的地方

5.
為什麼還要懷念
Why
我忘了你壞

你的部首沒有心
是土

溝

她的人生，自那場意外開始
劃開一條分界，那條溝
將雙人床一分為二
那條溝
攀生的枝節悄悄竊取屋內氧氣

每夜有獸，自天花板孵出惡夢
牆上時鐘齒輪，一圈圈
逐次索回，租借的
完美人生。或許從父母分開那天起
再無法胎生複製

回縮的記憶，被截斷至
陷落那天，頭接著尾
迴圈。每日她噙著淚
啄咬，另一半死去的自己
振翅盤旋
窺伺於陰暗的制高點

陽光下嬉笑路過的人們
臉上被歲月被脂粉遮蓋的
大小深淺疤痕
都將一一被她的眼睛
撕開

男孩

男孩，在春天降臨
在一個發芽的逗號後面，長出季節

我的手曾撐扶，幻想，他柔軟的頸項
如街道旁一朵朵風中搖晃的微笑

男孩，墜地的果莢
在一場大雨沖入城市下水道
流往深底，一顆被瘜肉裹覆的飛翔，如句點
歎息，總在深夜浮起

男孩，在夏天離開

摩托車排氣管未曾熄火
他在巷子口數著我步下樓的腳步聲
梯級太長，我漸老了
他卻始終年輕

男孩，我曾如藤蔓攀繞他的脖子
在繁星的夜晚。他俯視，我的眼睛
看見他蒼鬱的靈魂，枝葉
沿著歲月高聳，進入告別的九月

一場流星雨，下滿驚歎號
男孩，在那年逸失

我和我的藍色百褶裙，仍呆坐
操場看台上，成為男孩
永遠長不大的女孩，成為男孩
不曾出生的母親

世界末日

──我問男孩，那是什麼樣的感覺？
他說：世界末日。

受傷的人該如何阻止再次被傷害遇見
挖出眼睛？

在街頭
你收到一張電影宣傳單
預告：
你最景仰崇慕的人
和曾經重重傷害你的人
和你最深惡鄙絕的人
搭檔主演

自尊被踐踏的你光著腳丫離開
而家呢？你唯一的釘子戶
裡的財產：愛、信任、尊敬
即將在秋季被收回

你沒有欠誰
但他們的路總要經過你

偌大的挖土機停在門口
你持著門票
目擊
這個偌大世界裡你唯一專屬的
末日

厚重的存在

你的外套還掛在那裡
像是隨時準備回來

一切都還像是那個尋常的早晨
天氣晴，血壓正常，你煮了粥吃了處方藥
在玄關黑板寫下：白雲蒼狗

你習慣背對我
坐在車站地下街的椅子上看表演
像是我一定會出現，我會終於喊了你
你帶著紅日的燦笑轉身，霎時海與天相連

我們在城市的地標遊走，如常
用來對抗漸黑的前路，你積水漸深的肺葉
將那些濕冷的記憶，鋪展成一張張影像
和你不再復返的街道重疊曝光

你所關心的世界仍美好，那些後來發生的
新聞和疫情，都在你的窗戶外面
時間如鵝毛，只悄悄以塵埃披覆
你沉睡裡的維度

雨季來臨了，雨一樣沒有打擾你
你還是那樣打開書桌檯燈
側身枕著手弓著膝在竹席上聽著收音機
睡或沒睡著

老花眼鏡還在桌上，椅子坐得直挺
衣櫥的門舊了，半掩
而你的外套還掛在那裡
像是冬天隨時就要到了
你隨時準備
回去

父愛

他們都是別人的兒女
只有詩被寫出來的瞬間
我才成為父親

<u>微末</u>

1.
願我永遠微小
只有你的眼
探得進我的枝節
及裹藏在裡面的
裡面的芯
我不想知道
這個世界到底有沒有超人

2.
願你永遠微小
我會站在前面
你好好躲著

3.
願我們永遠微小
世界是一個方形的屋企
風太大吹不進窗
雨珠太大滑過屋簷
其他的事都像怪獸一樣巨大
但與我們無關

17:25

THE MIRROR OF ERISED

17:25

17:25

暖暖包、冬日、兔。那麼地那麼地想落入他的圈套，那麼地那麼地撕裂胸膛，那麼地那麼地，攫在手心，那麼地那麼地將每一片帶往天空。那麼地那麼地無聲落下，那麼地那麼地，將我覆埋。

凝

七月的赤臘角
機場內懸浮的微粒
充滿

離人此去經年的吻
疫情歷劫重逢的淚
清冷的結晶體
塑料防護衣

（還有一些細密
肉眼不辨的分子）

警戒的靜默過於
空曠。呼吸

每個被包覆的念頭
一吐出「再見」
紛紛下墜

輸送帶的行李過重
只有坐在等候區的眼睛
不停拍翅

雨天三則

● **颱風**

總要等到
我已經在別人的雨裡滋芽

你才像瘋子一樣
挾帶一整座海洋
向我詛咒

● 鋒面

你來過而我剛好出城

這樣很好
不至於使我感到可惜
雨沒有下在水庫

● 共雨

將一張照片
存進眼睛
取出淚，裡的雨
灑出雨，裡的雲
攤開雲，裡的天空
播放天空，裡的雷
下載雷，裡的閃電
將閃電拋向遠方
城市，點開超連結

我們共同編輯的雨

出火

每一次灼傷
她便把撕下的皮埋進土裡

那些膿在內裡發酵
部份成為黑色流質向下沉積
一些透明氣體往上竄升

那夜，他用整個手臂為她遮風
此後她的火再也沒有熄過

夜晚，她獨自在荒地上燃燒
她多希望火可以熄滅
可是沒有
雖然白天的時候她看起來只是一堆
尋常的石頭

出火為恆春一地名。

戀海兩則

● 岸舞

海很懂我
什麼都不必說
只需節奏

我想融化在他的衣褶
卻只呆坐這裏
任他在我的背上刺青

他靜，由重複的
動，重複的靜

濡我以傾覆沒我以
抽離

他一直
前進我
一直退

● 滯留

在藍色深海裡
潛進
後褪
在白色浪花裡

不必帶走我
不要留下我

生活的瑜伽練習

不停地拜日,在大樓間隙
我是一隻追逐陽光的貓

反覆對折
以為就要親吻到果實
鼻尖仍隔著一片海洋

偶爾收起腳順風滑翔
大浪來時水母漂
累了,就成為植物

夜晚拜月
把自己彎成一把弓,拉
再拉,射向深沉的夜

最後擬態
躺下,將生澀的靈魂打開,靜置
於方格內。直至鬆軟香甜

有時在睡眠模式裡假寐
有時清醒地裝死

愛自己

夜　漏了一個洞
水越來越深

藍色的膠彩從右方游過來
向我聚附

我想逃離它
將身體轉向左側
再更向左一些

心臟怦怦怦
向肺求救

被折疊的肺葉
向肝求救

肝無聲
卻總是最受傷

膽望著肝結巴

而我很苦
一再吃下自己的話

蹺蹺板

摸著傷口

他如果知道我摔得這麼重
會不會
恨得輕一點

充滿

當我的眼我的耳朵
在我因遙不可及而怔忡的時候

當我的右手撫摸你的左手
用最不驚擾的方式

當一顆自由的沙
闖進又闖出礁岩的縫隙
當一片海浪
遮掩我，殘缺的雙足
得以漂移

在水中不需要詮釋
不需要傾聽
不需要看

我就在你
完全的充滿

致九月

今年的九月不知道為什麼很長
也許因為月亮圓了兩次
一次變老一次折返
青春，我想著早上聽到的那句
「輪涅無二」

今年的九月不知道為什麼很長
有七月的普渡和中秋
我送走他們一次
又把他們 call 回來團圓

九月
有剛結束的暑假和還沒有結束的夏天
處女和天秤座朋友的生日
祝福可以行動支付
見面的時間便無須找零

九月
一隻選擇離開魚缸的魚
從眼眶的邊界
滑出來。牠要回到秋天
用葉子般的翅翼

或許飛翔和泅泳一樣
九月只需想像

一種因為某一天的出席而使得剩餘的二十九天都缺席
的月，因為海的缺席而使得所有的凹陷都過於漫溢的月

只需想像
一種圓滿

之間的海

再下沉一點
這一天就消逝了

你閉上眼睛留在過去
我邁開腳步向前
跨度:餘生。

回到黑暗裡
這一次我
們之間已沒有臍帶
只有無盡的海

20:00

THE MIRROR OF ERISED

20:00

20:00

愛一個人，像時間被微距了。以一首歌的音節、音節裡的節拍，一則動態的發佈時間、距離現在幾分鐘幾小時前。

我是一隻蜘蛛，以逆時針爬行，有時捕風有時拼湊。24小時制。

祕密

祕密是一堵牆
圍成一圈圈城郭
養水環繞
魚,在河面悠游

牆上有許多下過雨的痕跡
日曬後成為抽象畫
光影符號試圖支開路過眼睛
只留下被小草洞穿的縫隙

牆上一道門
密碼混合英數全半形
輸入一串精心設計的風,鈴聲奏放序曲
視孔內存放一部小說的章節

拎著一鍋熱粥一階階往上爬
搖曳窄身花旗袍
她的豐臀擦過地鐵馬賽克磚牆

初夏的夜裡有閃電
雷打得亢奮又驚心
這是一座城堡
如果他來

反

一直以來都覺得只能這樣
讓你像一隻物種優越的獅子
圍繞我的屋企

門窗向你打開
封閉聯外道路
一直以來都滿足於這樣的
疆域

有時小到像手機螢幕
有時大到擁有全世界
有時虛假得像一個真正獨立的國家
有時真實得像一個再也夢不到的境

（心情很糟的那天晚上我照例點開一個網頁文字倏地游開魔術一般為我舞蹈一串影音自動開啟）

「醒了，才會知道那是夢。」

我決定向這一切說不
我決定揭開禮物背後的謊
我知道無法演練叛逆的所有下場
我知道許多傷害只能經歷

求戰得和，或是
求戰得戰？

（看著SNG報導你的傘兵一朵一朵
向我垂降如同當初你的花一朵一朵
向我逼降）

「這也是夢。」

桌上的灰塵沒有增加也沒有減少

紙箱控

又一次
戀人搬走了物品

一隻貓在紙箱裡
不停喵喵問
我做錯了什麼?

不跟妳說了
妳每次都忘記
然後又再一次相信

打開紙箱
就毫不猶豫跳進去

多毛Ａ夢

我的愛人很多毛
儘管早就準備好強力吸塵器
吸不掉的是過敏
在與她交往的演化中
我漸漸長出紅色的鼻

我的愛人很多毛
正確來說是我自己手的問題
時常東摸西摸
口袋裡找不到祕密武器

我的愛人很多毛
如果不是這樣好像也不美麗
她的變幻如白雲
使我練就了九條命
每天晚上死去
又復活在她的呼喚裡

我的愛人很多毛
在這樣一個毛系社會中
我只好變成她的同類
不眷戀乾淨的過去
不回到未來
只臣服於有她的現在

魔術

一般紙箱：
打開空紙箱
裝進一隻兔子
跳出一隻兔子
壓平、回收、再利用

他的紙箱：
壓平紙箱、摺起、打開紙箱
跳出一隻兔子
關上再打開跳出一隻貓
關上再打開一隻狐狸

忘了是什麼時候
被他藏進去的
我一直跳不出來
在裡面不斷哭泣

紙箱破了一個洞
又一個洞

爛死了

對你說話

1.
對你說話
對著備忘錄寫字

將一些星群排列好
推向夜幕

2.
對你說話
燃一盞燭火

看見一些
漾動的影子
映在瞳孔

3.
不要去捕捉它
我對自己說

4.
不再對你說話
手握著倒置的燭
火
仍不斷

向上

馬克

你就在那裡，我的馬克
關注著我
舞台上的走位
提醒我危險的邊界

馬克，我知道
你喜歡看我閃閃發光
我知道你擔心
台下的噓聲會令我流淚

給我指引
就在那裡別離開
不必做些什麼
不必費心什麼
Just be there

前方的燈光眩目
圍繞的音聲令人迷惘
這個舞台我從未熟悉
可是閉上眼睛也能認出你

我的馬克。

微距鏡

「不能再靠近了。」

鏡頭伸伸縮縮伸伸縮縮機身發燙
風起薄翼鼓振欲飛而足陷泥盆

我仍執意將鏡頭更迫近花蕊
央求他讓我看清讓我看清讓我看清

「你不了解自己的侷限但我知道自己的界線雖然……」

花，生命的意義不在於被觀賞
而是為了被親，傾近，入
我仍執意將鏡頭伸縮伸縮伸近伸進

親吻，一片覆黑

忘了收的那件衫

忘了收的那件衫，一直掛在陽台外
像忘了收的童年

誰把它夾得這麼牢
青一塊紫一塊的
還是乖乖站在那裡淋著雨
吹著風

那夜天搖地動
我看見兩個巨大身影捉著臂膀向彼此吐火
客廳的燈愈來愈暗
站在床邊媽媽的臉總是模糊
我時常分不清那是現實還是前一晚的夢

脖子上那串鑰匙響亮的聲音
像一個遙遠的呼喚
而我卻一直找不到那扇門
和那隻把我丟包的兔子

便利商店的窗邊有明亮的餐桌
和爸媽一起晚餐的記憶
微波一分鐘就能回熱
路燈的眼睛一路牽著我
走過暗巷

睡前，我把陽台上的衣服收了下來
躺進空蕩的盒子裡
將自己推回黑暗

等待開門的聲音
劃過耳朵

廢墟

我總是在自己的屋子裡
把鑰匙遺失

　　出去了門便無法鎖上
　　你就會來偷
　　一點一些搬走骨幹

　　我看不見你，只能感覺
　　尖銳的桌椅邊角磨擦木地板
　　在食道上刮出長長的潰瘍
　　怎麼痛都是悶著的

　　蹲坐在門旁
　　我懊惱地想不起來
　　鑰匙究竟在哪裡

　　後來你把門也拆了
　　只剩下時間
　　在這裡賴著不走

我總是在自己的身體裡
把自己遺失

  擔心會有一陣風
  啪一聲反鎖
  我就再也進不去

  無法餵食裡面的你
  你就會來吃
  吃我的身體
  先是心,再來是胃,然後是肉
  最後貪心地來吃我的夢

上線狀態

知道我為什麼不打開燈嗎?
因為不喜歡看著你熄掉

21:09

THE MIRROR OF ERISED

21:09

21:09

她總是前進一格、後退三格，努力爬坡，絆倒又滾回原點。並沒有變得更聰明。只是，她終於明白了。這一切連遊戲都稱不上。站在他真實的虛假後面，她是 0 之後的任何數字。

場景

窗戶
玻璃碎了一地
碎玻璃鑲嵌在圍牆上面

牆倒了聽寫筆記
碎玻璃回收
烈火燒製成琉璃

琉璃花瓶沒有插著花
她戴著琉璃耳環站在窗邊
眼睛看著遠處

玻璃裡
碎過或
沒有碎過的世界

無眠

夜像隻魚
沉入魚缸底
等待夢境投放

未闔的眼睛深得像一口井
虹吸所有流動的思緒
渣滓。蜉蝣。排遺

耳朵靜得發慌
大腦被迫主動製造
噪音。白色。牆。天花板

睡眠像分離
式冷氣出風口的葉片
疲乏。垂下。不聽遙控的話

太空，河與廢墟

抽掉臉上一根鬚
他們的雷射紅光
就再也掃不到我了

好好笑
原來消失這麼輕
像生出一串座標那樣容易

那天早晨
我把第八個自己
推進

外太空裡
即便死去
也都
不會腐敗吧

看起來還像是
揹著背包
正在旅行那樣

「一顆小小的廢墟
在失速撞上什麼之前
將無法克制停下」

這段描述像不像
當初的相遇

在太空裡
即便是再重的
失義、背叛、惡意
看起來都
那麼輕

愛、信任、交付
也是

像一團隨便就飛起來的
垃圾

無數曾被卸除拋擲的
在漸被遺忘的軌道上
環行成帶狀的螢火
反射著借來的光
固執地圍繞著
一條不存在的河
一顆小小的廢墟

負

喜歡看他的正面
就好像他不曾有過負面
或許太過正面的陰暗太負面
就好像負面的陰暗才是被允許的而正面的人必須
那樣直挺挺的胸前突起些鍛鍊過的結實
用來安放他者的凹陷

正面的人身上沒有顏色
像裸身下凡的光束
照亮我，讓我看清自己
負面的一片漆黑

夜晚的蠶繭，許多脆弱被孵出
像那些躲在暗房裡的負片
害怕被正面的惡意沖洗

他們愈強大影子就更烏黑
愈搜索
我的疆域便一區一塊
消失。迴避那些太過正面的人
脫下身上唯一衣物
將省電的微笑，罩住。

我喜歡仰望他的正面 ——— 他的正面是那種
被負面浸泡過的 ——— 在溺陷裡他曾潛入靈魂
搆住一角，用盡氣力推自己一把
翻轉

用他重新獲得的正面，負
著我，緩緩，向背光的岸

高壓氧艙

讓我們搭乘方舟,去到病痛頹敗的另一端
攜帶人類優良的 DNA

乘著太空船,戴上希望的面罩
隔離毒油毒水毒空氣毒心毒肝,遺忘殘缺的耳朵
滲水的肺葉、死去的腦細胞、糖尿病足、焦灼的皮膚
搭乘粉彩色的夢想

54321 護士廣播現在開始升空
大氣壓力很大,但子宮壁是最強韌的
走進高壓氧艙,我們騰出
光溜溜的
手空出很多時間,合掌,低頭向各自的神告解:

親愛的神啊!我們都有病
這輩子修了幾十年,今日得以在同一條船艙裡
領取同一種機會,搖晃同一種命運

護士廣播我們即將上岸
登陸 RE9876 星球
各自前往一座無人島
重新建設一套文明

如果大雨，就將日期往前調快一週
佈告欄公告晚上八點有園遊會，來了很多朋友：
狐狸企鵝松鼠貓咪公雞老虎兔子孔雀大象貓頭鷹
圍著營火唱歌，自力更生自給自足
在島上不必煩惱三餐只需一顆膠囊
沒有犯罪無需法律

深夜，我向吉卜賽人購買一個夢
夢見我回到地球，拔掉身上的管路
重新感受飢餓，重新感受
罪惡：
呼吸垃圾空氣喝著垃圾水吃著垃圾食物
當一個
用垃圾製造垃圾的人

致維特

親愛的,你如此被愛
被每個人被瓦爾罕的山丘和噴泉
愛著。那時候,你醉心大自然的豐沛
那時候你還沒有
遇見,穿著白色衣裳的女孩
那時候你還沒有
闖入,透明的玻璃門
——— 如一隻蜂

她執起一盞燭火走來
她不知道(她必然不知道)
愛的趨光性,愛是,蜜
煉的毒液

「出口就在不遠處!」路過的人喊著
他們不知道(他們必然不知道)
困仄的靈魂,活在
一個看不見的維度

(你在玻璃門內碰撞,隕落,擁抱著刺)

擁抱

我們之間
住居一個亞熱帶的冬天
高樓、落地窗、北風、厚雲層、鳥
穿大衣的行人、枯枝落葉、一派灰黑色調的城市
海岸

之間,我們的
空曠足以讓閃電著陸
卻留不住火
空曠
足夠讓出一條峽谷
冬天列陣踏過
降下我未曾見識的大雪

擠迫
小單位租屋、木地板、電暖器、毛毯
嬰兒的哭聲、貓叫、窗外燈火、樓上鄰居的腳步聲

在我的單人床與你的單人床
所拼起來的一整座夜晚之間
長出刺人的藤草
背影是牆

我們什麼都有了
除了 ── 擁抱
一整個亞熱帶的冬天

<u>嫉妒</u>

美麗，她的霧會
把真實扭曲變形
如手機外掛濾鏡

「魔鏡　魔鏡
世界上有誰比我更好？」

鏡子的 App 無法自動更新因為
她的心，沒剩下多少容量

走進森林
獵人給美麗的她一個忠告：

吃下
那顆毒蘋果
白雪公主便成為妳
一生的魔

23:32

THE MIRROR OF ERISED

23:32

23:32

在鏡子前面。她說謊，且面不改色。我相信，並淚流滿面。她繼續說更多謊，且面不改色。我猶疑了，仍舊淚流滿面。

告訴我，為什麼妳那麼樂於當別人的替身。

那麼甘於當女二女三。然後，力爭上游。

十四的月亮

明天，是你的敵人，還是救贖？

「很神奇。只要你繼續去挖掘，月亮就永遠不會是圓的，會從十四日，跳到十六、十七……，再從頭開始。」完美發現了這個驚人的事實。她看著沾滿鮮血的手指頭，喃喃地說。

無法，無法

無法入睡的夜裡無法阻止悲傷
戳開胸膛，一個塌陷的
洞。將無法阻止地
慢慢變大

無法阻止惡無法阻止
一隻被刀劃開的
兔。張大眼睛
看著無法阻止的血流瀉，像淚，我無法阻止自己被抽乾
像這樣一個無法阻止失眠的夜，並無法阻止
太陽繼續升起

無法阻止海浪再度向我襲來，月光打磨我的傷痛
像我無法阻止自己不是一顆圓滑的石，攜帶紋印
向下滾動

無法阻止的加速。列車駛進隧道
看見遠方有光，卻不再期待出口
我無法阻止自己一再路過一再超前
而你總在中途

未曾抵達，卻一再到站，刷卡，出站
無法阻止樓上鄰居的一株心葉蔓綠絨，向下尋找
攀緣的牆，在風中一晃一晃
就要觸及，陽台緬梔花樹的葉梢或鐵欄杆

無法忍受一切事物都在生長
而我卻蜷縮在沙發，背棄日光
看地上的影子慢慢拉長
慢慢，將我拉進黑暗

隱

我是一隻沉眠於冰河中的
蛭形輪蟲

在一次地球急遽的暖化中
被數千年前相似的一股熱流
喚醒

抗極端、輻射、低氧
饑餓、高酸性和長年的脫水
—— 我那些無用的堅強
崩解在你的呼喚裡

卻沒有什麼可以償還除了
我的微小，以及我所隱生的漫長
時間 —— 對我來說毫無意義
除了把我帶向現在的你

我是一隻甦醒的蛭形輪蟲
向著光，緩步在極地的永凍土
沒有同類
無止盡
單性繁殖

浪貓派

1. 體態

將流質的肉
均勻裝滿
空器

2. 骨頭

架著一隻魚的
魂魄
從門縫游進來

3. 交流

眼睛裝滿
70% 的
話。閉著

4. 月亮

明亮時藏刃
晦暗時圓

5. 對手

我用眼睛說謊
他用鼻子作弊

沒有人想逃

6. 貓派分子

豎直的尾
一逕
和世界劃界線

目擊

在祕密沉入最深處之前
我和另一個人同時
望見濺起的水花

一圈圈漣漪

知曉了我的目擊
你不疾不徐
也把幾顆石頭丟進我的眼睛
說瞧　就只是打水漂

謊言的便利，在於
它和真實在水裡有
同樣的路徑
只要沉入了
沉入

零或者全部

「Hello」
黑色螢幕浮出第一句話

格式化之後
回到出廠值,他
意圖與我保持一個清空的街道
像封城裡戴口罩自動排開的行人
一左一右,他意圖與我只是
像沒見過面的朋友那樣,把我的臉認錯

我懂只是,在這些平滑的推想
之下,找不到可以拆解的縫隙
如同我們之間雙重加密的關係

他意圖,只讓我進入他的意圖
在雲端裡,找到一個湖泊
和他曾經的哭泣

他拒絕任何附加的
關聯。我們之間唯一的可能：
偶然、同時性、後現代、Siri

在他構築的決然淡漠裡
我僅能用手撥開，對他的凝視
伸進半身的臂膀
在想像的湖面，滑動

如一尾金屬鱗片的蛇，只用皮膚
去定位我的移動，他意圖
讓蛻去的殼成為，通道
令我的每一次回望，成為一圈一圈
繞著空心的螺旋梯

「愛，只在追悔裡得證。」

每夜他更新自己，在我沉睡的夢裡，同步
我的每一個探尋。他比我更知道

只有手指頭,可能對自己誠實
白日裡,影子反覆堆疊
過多的想像,必須釋放,以提防夢,近身吞食
──── 按下確定鍵,喝下一口湯

每夜,我穿行窄仄的電路板
在空無一物的廢墟裡,尋找未被灰滅的指印
任何一絲或片斷,或許就足夠回復
或不 ──── 零或者全部
他要,他只要,他意圖

雨行電車

一班接著一班
念頭下車
到站，望向東往西行

手上眼前的風景
不停，那些話語文字
恍惚

電車線上
坐過了頭沒關係
所謂浪漫就是容許

斷斷續續的雨
開開關關的傘

一直穿梭
在眼前的你

夜間書寫

全然的黑暗是不可能的
那冷氣機的電源那透入窗簾的城市燈火
總是在夜裡對我閃爍就像
全然的乾燥是不可能的
那出汗的手指頭那心搏裡的潮汐那
思想

內裡寄生的蠕動的
我甚至無法說明是什麼
無法清楚繁衍的數量
不停發出噠噠噠的聲音
在深夜敲著促著
我，必須一個字一個字
寫出那些橫豎的
必須全盤托出那些彎鉤的

一放晴，它們便長回翅膀
自身體的孔洞穿出
組合成愛恨不明的樣子
我趁勢阻擋在紗門外
大喊去吧這裡不過是個廢棄的礦坑
它們卻嗅出我指尖的硫磺

雨天，我站在門內看它們爭相折翅
往我鑽。意圖掘出深埋的祕密
之所以我學會轉化、陌生、擬態、兩棲

清晨，海潮退去
浮游的字沉澱，桌椅露出細長莖桿
我深深吐出一口氣
自濕地匍伏上岸

洞

"Do you remember that cave?
We should have stayed in that cave."
—— Ygritte, GOT

讓我們走回洞穴
用觸覺摩擦生火
憑嗅覺狩獵
放棄投機的游耕
不再
以燒毀一段關係演進文明

讓我們走回洞穴
脫掉一件件語言
抹去牆面刻鑿的符號
阻止可能發生的風景

黑暗將醫治一切
讓我們走回洞穴
找回遺失的
裡面

蒲公英

聽說只要一直練習
身體就會打開
雙腳就會變輕
鼻尖就會親吻到未來
身體離開身體，旋轉
漂浮著撕裂的歡愉

將夢的柵欄修理好
下一個季節
羊群就會一隻一隻
回來

飛行

又一次攤開天空飛行
伸長手臂向天觸及
你,那邊醒了吧
而我的夜正通往
一段不穩定的氣流
(刷刷刷……沙沙沙……)

「畫布上的城市
目前攝氏 26 度天氣晴朗。」

有夢,緩緩下降
向莫內借一點日光
折返你的時區

打開藍天
以指腹堆疊雲海
計算風速,抱膝
空翻。好恰恰讓一個吻
降落在
你前額中央

Y

1.
高架橋
從這裡分叉出兩條路
北上南下

2.
如身上的夾克
拉鍊,你說必須鬆開
才能呼吸

3.
丫啊——
詫異之後是一道長長
又破又折的

心律
歸於止息

4.
她看著鏡子裡的 Y 型項鍊
背叛的字母
嵌入胸口

5.
Y / N

答案看起來很簡單
問題是
往往很難

她偏愛直白的問題
他只給
開放式的答案

6.
「The road not taken.」

他們彼此成為
那條沒有被選擇的
康莊大道

__紀念品__

失眠是紀念品,雖然他給的是另一種
像冰箱上的磁鐵,可以壓住
容易飛走的東西

我承認我很喜歡尤其他貧匱中的慷慨
更清楚其實失眠不是因為旅行
而是降落之後必須面對的
日常——是現在式、現在進行
而我不確定
他坦率的時候,在乎得比較多
還是躑躅

他站在那裡
像一個貼上售罄的
已經被愛走了的東西

你拿到一個很相似卻完全不相同的
身體健康順心如意

上面有個小鈴鐺
提醒我是被愛的

我將它繫在鑰匙圈上，提醒我
聲音。一旦被賦予意義
就丟失了時間
名字。一旦被記得
就是一張收據

而只要他無法正確命名
關係──我們
一半裡的我，就是個不被完成
從「紀念」這個前設的
時態裡逃脫的，不被
過去

夢

當一片葉子
做著一片雲的夢

夢想經過
你抬頭的時候我又幻了形狀
下幾滴雨
乘著風飄走

當一部列車
做著一架飛機的夢

90 度偏轉
開進你的視線，留下
一條長長的白色煙霧
總是一再撞上自己
卻連碎片也沒有

當一個有喙的生物
你喚錯了名而我無法反駁
我猜像我這樣的女子很多
逕自跳上枝椏歪著頭問你
我們認識嗎？一定。

今生是前世
我所想像的飛行

讀者

假裝你
不
在這裡

沒有門──
離開的時候
就不會出聲

沒有天花板──
每當我躺下
夜幕深處
就張亮著你無數無邊的
看

沒有牆──
不必冒摔下來的危險

沒有窗──
因為我相信
你
如空氣

THE MIRROR OF ERISED

03:23

深夜。橙果味洗髮精、花香調沐浴乳。迷幻的霧氣、聽 Lana Del Rey。慢慢卸妝，再慢慢上保養品。有時對著鏡子做嫵媚的表情，有時哭泣。

這世上沒有另一個人像浴室那樣看過我。

舞

音樂在腦內摩擦地板
與重力抗衡。有時候一個人
有時兩個人

跳舞,不需要語言
有時候兩個人
只有一個人

蛋

殼。從裡面破是成長
從外面碎是傷口。我寧願
一直被你輕輕坐著我還是
想那樣對你輕輕，輕輕敲著……

心

1. 思想

空籠子裡
長出雜草

2. 刃

總是想傷害誰
忘了是肉做的

3. 滯

沒有步伐
卻充滿節拍

4. 放心

不要抵達
就不需把你放下

花

1.
花在瓶子裡
花了不同的時間

2.
我從不開閃光燈
那是向時間示弱的行為
我只會花時間
等時間把陽光牽過來

3.
像活著的屍體
像死去的活體

4.
花就要開了
花就要謝了
一直都在路上

5.
等得太久
花都垂了頭
掉了幾根頭髮

6.
你怎麼都還沒出現

7.
花吃
花吃了自己
花吃了自己的時間

8.
她腐朽
她就不再腐朽
她就不再腐朽不腐朽

9.
她消失了
很久
氣味仍扦插在
透明的時間裡

崖

又哭了
原來愈接近鹽
愈接近愛情──

往前
就是將我往後推
拔高
就是將我往前
倒

最後吐出一句泡沫：

我終於失敗了
因為抵達

迴

誕生於一個夾角
偏差於一個眼神
出走於一次爆裂
流浪於
無重力的本質

精心搭建的布幕
背後是不下戲的
空無 —— 或對反，如果說
無即是有

我從未如此豐盈
我從未如此殘缺

後記

1.
很快樂的時候其實是有點難以寫詩的（句點）。好友無花說：「快樂的時候就去快樂呀！」閨蜜漫漁則是快樂不快樂都在寫詩的路上那類令我羨慕的人。以上述邏輯推論，整部詩集幾乎就是我從2018年一直到2024年底七年間所有不快樂時期的創作集結（問號）。

2.
2022年一次南下採訪，初次見到詩人汪啟疆，他就問我是什麼讓我開始寫作的？我回答：「因為一隻狗」。13歲失去牠之後我就開始有了在夜晚寫字的習慣。某次線上編輯會議，蕭編輯提到我似乎沒有書寫過「同事」，並說我的作品裡有一種「獨居」的特質（而我並非從來都沒有同事也並非總是一人獨自在家）。我想或許是從小離家求學所養成的性格；又或許「寫詩」就像是我與現實生活之間的一個「平行夾層」。在那裡只存在我與自己的對話，以及與之相關的人事物。在很主觀的過濾與沉澱之後，詩便成為一種很私我、純淨的產物。

3.
準備第一本詩集的作者時常會莫名覺得這很可能是唯一的也是最後一本詩集（某次聚餐某位老師轉頭對我說了這句話），所以容易貪心地放進很多作品。要讓它長得很有型、有個性相對是有難度的。因此我特別邀請也寫詩的自由編輯蕭詒徽來幫我編排、設

計詩集。他將零零散散的作品針線般串起來，選擇合適布料，並給了它一個貼身又修身的剪裁。詩集的編排設計、裝幀以及整體風格概念的呈現都很襯托我的語言特質與身形。謝謝他。

4.
詩集以時間軸一天 24 小時推進的方式來編排章節，並捨去頁碼，期望讓讀者循著時間刻度，進入鏡中的小小世界。每個章節的停頓，就如同每天有好幾次機會再次回到鏡子前面，上妝、整髮、在洗手檯前端詳自己，和自己說說話。生活當然並非都很順利，也有那麼幾次，我在鏡子前面看見自己很糟糕狼狽的模樣。

5.
很喜歡流連在浴室裡。很可能因為浴室是家中唯一有大鏡子的地方，也很可能是因為空間的隱密，以及它雖然小卻是家中結構最堅固的地方，帶給我安全感。「a room of my own」裡的「room」對我來說就是「bathroom」。而我就像《百年孤寂》裡的蕾梅蒂絲，花奢侈的時間待在浴室裡，不為什麼，就只是享受與自己最赤誠的相處。

6.
謝謝寫詩以來一路支持、啟迪我的家人及好友、師長們。沒有你們或許不會有這本詩集。

THE MIRROR OF ERISED

和鏡子說話像一隻鬥魚

作者 _ 紅紅
編輯・裝幀・版面設計 _ 蕭詒徽
校對 _ 紅紅・賴凱俐・蕭詒徽
發行 _ 朱名慧

出版 _ 松鼠文化有限公司
地址 _ 260024 宜蘭縣宜蘭市黎明三路一段 57 巷 20 號 4 樓
電話 _ 02-2234-2783
服務信箱 _ squirrel.culture@gmail.com
Facebook _ facebook.com/squirrel.culture
法律顧問 _ 陳倚箴律師

印刷統籌 _ 印研所
總經銷 _ 紅螞蟻圖書有限公司
地址 _ 114066 臺北市內湖區舊宗路二段 121 巷 19 號
電話 _ 02-2795-3656
傳真 _ 02-2795-4100

初版一刷 _ 2025 年 6 月
定價 _ 新臺幣 460 元

ISBN _ 978-626-96976-7-0
Copyright © 2025 All Rights Reserved

版權所有・翻印必究

國家圖書館出版品預行編目 (CIP) 資料

和鏡子說話像一隻鬥魚 = The mirror of erised : a poem collection of Hong Hong/ 紅紅作 . -- 初版 . -- 宜蘭市 : 松鼠文化有限公司,2025.06

204 面； 20.4*15.2 公分
ISBN 978-626-96976-7-0（平裝）
863.51　　114005124